奉納のわらじ

鵜川英

歌集

砂子屋書房

＊目次

装本・倉本　修

歌集　奉納のわらじ

御厩富士

おむすびに似るやま多きわがめぐり六ツ目、伽藍、万灯の山

十年に余りて住めばこの町の御厩富士とう六ツ目山親し

野菜用とうスプレーの殺虫剤みごとに虫の消えたるキャベツ

忠臣蔵また見る夫を笑いしが涙とまらぬ「大地の子」再々放送

スカイライン上り方位感なく眺む海辺の白き火力発電所

おだやかに太平洋につづく波海亀の浜の意外に狭き

厄除けの寺の石段一つずつ硬貨置きゆく女の若き

あらかたはアルミの硬貨厄除けの段に撒かれて冬日にしろき

春を待つ朝の卓に似合うもの菜の花いかなご子持ち飯蛸

高さみな揃えられたる梨畑平面のごと白き花咲く

株主総会

新しき社長見るため出席す株主総会夫には言わず

任期残し退陣となる生え抜きの社長に重き二期の赤字は

荒木屋のまんじゅう貰い帰りくる形式のみの株主総会

扇風機のガードに重き汗のシャツ昼の休みに子は掛けており

未知の地の町に送れる請求書広島庄原、愛媛一本松

三十年作り続けし隅金具インドネシアにこたつ組むとう

柔らかきポリエチレンに包みたりインドネシアに送る隅金具

つややかに唐辛子赤に変わりゆく尖れる先のみな空にむく

こたつユニット

スリランカに看護学校建ち上げて熟年ボランティアの友帰りくる

みじん切りの生姜たっぷり沈みたるポットの紅茶はスリランカ流

たちまちにアメリカのテロ響きくる親企業の株三割さがる

工場の閉鎖決まりぬ守衛所の裏の桜の極まる紅葉

全国の閉鎖工場載る新聞まぎれもあらず寿坂出

こたつユニット積むトラックを見送りぬ日常として四十年ありき

坂出の工場閉鎖　本社移転　完全子会社となる親企業

洗剤を塗りて洗える夫の服プレス祭りで終わる一年

年末も年始も長く休みたり風に傾く注連飾り直す

六台のプレス機並べ作りゆく最後のユニット夫と見ており

預かりし金型幾百ならべたる赤外線こたつの四十年

三百トンのプレス機動く日のなくて坂出閉鎖の三月の来る

山に近き植田工場閉鎖せり夏柑の実の光る庭隅

応援に通いし日もありシャッターの電源切りて出る植田工場

手の空ける若きがリフトに立ちて塗る工場の高き鉄の扉を

麻の蚊帳

裏側の寝所も見せる動物園ぞうは静かに乾草を食む

ペンギン舎に紛れ込みたる青鷺の投げたる鯵を一瞬に食む

百円で二匹の小鯵ペンギンの鈍き動きを鷺の喜ぶ

ぽとぽとと桐の花降る小田川の小さき吊橋おさなと渡る

八幡宮に近く住みたる三十年思いてめぐる春市の夜

「うどんでも食うか」と出かける土曜日の週休二日にようやく慣れて

むぎわらの帽子に従兄弟の描かれいる桃の箱買う産直の朝

きっちりと祖母の畳める麻の蚊帳納戸の布団戸棚に眠る

Ｐａｎａｓｏｎｉｃの広告塔を壊しゆくクレーンの上に積乱雲湧く

整然と芝生刈りたる広き庭守衛のみなる閉鎖工場

畳替え庭師を入れて客を待つ十三回忌はイベントめきぬ

酒の染み幾たびタオルに拭いしかわが嫁入りの座布団二十

水車小屋

子とふたり泊まりに来たる末息子風呂もミルクも見はれる手際

たまさかに夫が掃除をしたる部屋建具はずして敷居も拭きぬ

ひろびろと県立病院新生児室十にも満たぬベッドの並ぶ

ガラス越しカーテン開く新生児室その幾倍の大人の見入る

生まれくる前に性別わかる世の名前持ちたる新生児たち

半年を使うことなき幌付のトラック廃車と決める三月

おずおずとナンバープレート出すわれに陸運局の男らやさし

復元をされたる山の水車小屋水の音のみひびく真昼間

杵搗の米売りますと書かれいる回転はやき山の水車は

花びらの浮かぶ渓みず復元の三つの小屋に水車のまわる

しだれ桜とう標識に上りゆくカーナビ代わりの少年のせて

八キロの道上りきぬ開けたる空に浮かびてしだれ桜は

民事再生法

一枚のファックス届く　民事再生法申請しました済みません

急かされて急かされ納品三日のち金型代金回収不能

民事再生法とう駆け込みの場のありて割れぬ手形の幾枚を持つ

支払い日近づきくれば悔しさの行きどころなし割れぬ手形は

「こすってもいいぞ落ちるな」と夫言いぬ荷を積み伊野の坂道上る

トラックの上れぬ細き道をゆく助手席倒し積むポールの長き

試作品持ちて急げり伝票と電話になじみし広島庄原

インターを下りてゆっくり走りおり右折目印ミッキー食堂

峠より踏切り探しいるわれに刈田のむこう鉄橋の見ゆ

生産者の写真貼られて売られいる庄原産の赤きりんごは

丈ひくき山茶花赤き分離帯いくばくもなき荷を積みてゆく

男らに押しつけられて出席の債権者会なり吉野川渡る

われを知る一人も居らぬ会議室弁護士は読む再生計画

アクセルを緩めるなよと言われつつ長の子とゆく夜の高速道

流れ読め流れに乗れと言われおり対面となる高速道路

春早き南予の町より戻り来る蕨竹の子たらの芽もちて

人おらぬ料金所なりことことと硬貨を入れて湖西道路ゆく

湖に向ける照子*の歌碑除幕五月のひかりに琵琶湖かがやく

*「好日」の中野照子

月光を返さぬ湖面のひとところ葭のしげみの暗くしずもる

調整区域解かれたちまち道沿いの田の三枚が埋められてゆく

バス停の名はそのままに残りおり工場閉鎖となりて三年

守衛所と塀のみ残る工場跡夏の夕日がただに射しおり

四十年こたつ部品を作りいし夫と見ている親工場の跡

有刺鉄線に囲まれ広き工場跡竣工せし日を夫は言いおり

一本の木も残さずに均された工場跡地の隅の消防車

盆とうろう

老人会推奨品の盆とうろう宿題のごと二人で作る

一年に一度出番の大鍋に盆の団子のつぎつぎと浮く

盆休み終り静もる冷蔵庫自動製氷器に満杯の氷

さくら模様の友の形見のペンケース持ちて真夏の全国大会

地下鉄のエスカレーター駆け下りる人あまたいて東京の朝

「汐路丸」やさしき名前の書かれいる海洋大学の白き練習船

魚の香のかすかに残る朝のバス築地市場を廻りしならん

停電にならぬ幸せ浸水の工場に回す水中ポンプ

柿の木の枝に藁くず残りおり溢れし川の静かに流る

共に行きし不良品検査の西条の工場思いぬ君の葬りに

高速道の無き時代なり三時間かけて幾たび行きし西条

雇用保険死亡の届け受け付けて男つぶやく四十六は若い

校歌

雪混じる風に散りくる山茶花の紅のはなびら峡の斎場

若き日の友に似る子のとつとつと心筋梗塞を語る斎場

応援のバス連なりて渡りゆく鳴門大橋陽の昇りくる

再会を楽しむ人ら満員のアルプススタンド校歌ながれて

五十年会わざる友と甲子園のスタンドに立ち校歌をうたう

緑濃き四月の畑そらまめの白き葉裏を揺らし行く風

共に見し一万本の桃の花原田みゆきもその夫も亡き

茎太く高く伸びたる人参の白き花々みな空を向く

白き花高く掲げて種子用の人参の茎逞しく伸ぶ

湧くごとく蜩の声ひびきおり杉の山より夕闇せまる

露ひかる稲の葉先をすれすれに朝の燕の水平に飛ぶ

プレス祭り

シーツ干す朝のベランダ空耳のごと響き来ぬ機関車の音

池を越え国道越えて響きくるＳＬの汽笛意外に高き

池に沿うゆるきカーブの秋の陽をうけてＳＬたちまちに過ぐ

県境の山に入りゆく陽を映すバックミラーもサイドミラーも

プレス祭り供えの大根選びおり霜に葉先の枯れたる畑

プレス事故無きを一番良しとして二段の折り詰め配りておわる

人住まずなりて久しき丘の家春は椿の花の耀よう

鮎上るはずの魚道に落ちゆきて堰に桜のはなびらは消ゆ

空みえぬ杉の山道登りきて千の苔の耀る紫木蓮

伊予灘

子の住める町に急ぎぬ伊予灘に沈む夕日を追いかけながら

参拝の記念に姑の購いし高野槙育つ姑の亡き庭

ロープウェイに上りて行けば湧く霧に岩も紅葉もたちまちに消ゆ

山頂の濃き霧の中出会いたる若きらは皆手をつなぎおり

紅葉見る旅より戻れば鮮やかな街路樹の銀杏庭の楓葉

幾たびも汚水流すと書かれたる鍍金《メッキ》工場閉めてしまいぬ

工場を閉めたる後は会うことの一度もなくて沈丁花咲く

ウエスにと裂きゆく古き布団カバー既成品無き姑の時代の

入院の決まれる夫と雨樋の穴に茶色のテープ貼りおり

冠動脈塞栓術と告げられぬ子らと見ており夫のＣＴ

十階の窓より見ゆる瀬戸のうみ港もフェリーもビルに隠れて

通勤の車の流れに馴染みゆく入院の夫を見舞う朝夕

昇りゆく鳴き声じっと見ていしに雲雀おちくる夕日の中に

藪となるわが山の畑真っ直ぐに皮を付けたる若竹伸びる

修正と是正

ひさびさに来たる税務署隠すもの何も無けれど落ち着かずおり

修正と是正の違いこの夏に税務署のきて基準局のくる

海近き合同庁舎に持ちてゆく是正報告用紙一枚

プレス機の一台ごとに餅供え夫の今年の仕事の終る

姑のごと息子の車に入れて置く海苔の佃煮掘りたての芋

振り込みと残高照合出来ればいい古きホームバンキング使う

プリンターエラーの多き端末機押さえて使うわれも事務員も

延ばしたる事務所の塗装工事すとようやく決める決算月に

病棟のエレベーターに出会いたる友も夫の入院を言う

スーパーの高齢者優先駐車場入れと指示すガードーマン若き

夫への年金特別便届く昔むかしの勤めの有りと

三四二逝き原田みゆきとひばり逝く平成元年はるかとなりぬ

もう一年ようす見ようと残したる梅の古木に白き花さく

蝶番

とがりたる葉先に露の光る田を朝のつばめのすれすれに飛ぶ

下弦の月写る列車の窓ガラス透かし見ており真夜中の海

贅沢は何も言わぬという夫の茄子の漬物小えびの空揚げ

一月を遅れて届く労働保険納入書延滞金は要りませんと

再発を告げて工場を辞め行きぬ若き女の今日化粧して

三千から二千に減りたる蝶番の注文ついに千五百とう

冬の日に末枯《すが》れぬものを疎みおりオーシャンブルー皇帝ダリア

五十年経ちて台紙も新聞も褐色となるスクラップブック

褐色となる甲子園のスクラップ義弟の通夜に開かれており

王選手と共に選ばれたる選抜野球のベストナインを語ることなき

プレス機に指挟まれし女乗せ行く外科医院への五分の長き

山茶花の紅さらさらと掃きておりし柄のなき小さき竹の箒に

花桃の枝

敵前逃亡だけはするなと送り出すラジオ波治療を厭える夫に

納品に追われたる日の夢ばかり鎮痛剤より覚めて夫は

退院は無罪放免にならぬこと互いに知りいる肝臓病棟

参観は図工と音楽がざ姫と言われいる子のてきぱき動く

「うみ」歌う一年生の教室に思いておりぬ昭和十九年

花桃の枝をもらいぬふっくらと盛り上がり咲く花の量感

久方ぶり納品の日にゆっくりと坂を下れば菜の花ばかり

落としたる実をも残らず食む鴉桜桃の赤たちまちに消ゆ

植えくれし工員の顔もおぼろにて樫の木に咲く石斛の花

溶接の面借りて見る日食の三日月型となれる太陽

川に沿う塗装工場の閉鎖聞く取引先のまた減りてゆく

会社名書き込まれいしトラックも薄きブルーに塗り変えられぬ

廃業の塗装工場に貫いたる売掛金の小切手一枚

丁寧に礼言い合えり廃業の工場に小切手一枚もらう

笑い花と言いたる友もはるかなり百日紅の花揺れており

高校生、銀行員と使いきし机の中の古き算盤

割り算も掛け算すらも忘れたり引き算ゆっくり算盤つかう

十周年

十周年祝いたる日の運動会賞品あまた並べて義父は

手動なる小さきプレス七厘の口金抜きいし遠き日の祖母

白味噌のあんもち雑煮に集いおり愛媛生まれも奈良の生まれも

入院の予約票貼る冷蔵庫夫は無視してお年玉配る

犬二匹入れて十八元旦の家族写真は仏間の前に

一升の赤飯炊きて子らに配る暖かすぎる夫の誕生日

味付けを夫に委ねる誕生日ふたり静かにすき焼きを食む

五百枚のロックプレート持ちゆくに自動のドアの開かぬ事務所

六十年にあまる歳月思いつつ歯科医の友の治療うけおり

龍角散ののど飴苦し領収書三枚もちて行ける月末

こたつ出せよ

荻の穂のゆるる山道二十キロに走る軽トラの後をゆくのみ

栗の山に近き子の家こおろぎの声に混じりて鈴虫の鳴く

高松の家を処分と言う友と握手で別れる同窓会に

三粒蒔き一本残す大根の三寸ほどを間引きしており

廊下には仕舞いそびれし扇風機こたつ出せよと夫の言いたり

銀杏には銀杏の個性いっせいに黄葉とならず八キロの道

ゆっくりとたまねぎ苗の立ち上がる寝かし植えたる細きみどりの

パソコンに終る支払い小切手を切ること稀となる支払日

戦いのごとく仕事のありし日を互いに言いぬ塗装屋の主と

塗装屋の主に貰いし紫のジャーマンアイリス車内に匂う

五センチの積雪

怠慢のわれの畑に太りいる玉ねぎじゃが芋根菜ばかり

高松にのみ売られいる既製印鶉川を買いぬ東京の人

体調の悪しきは全て新薬のせいと夫言う赤き錠剤

透明となりてするするほどけゆく素麺瓜を湯がく湯の中

五センチの積雪二十数年ぶり全国ニュースとなれるわが町

退院の延びて落ち込む夫と見るスピード増しゆく津波のニュース

頑なに薬拒める夫を背に暮れゆく瀬戸の海見つめおり

外出の許可をもらいて夫のゆく運転免許更新最終日

品種の差まざまざ見せて寒き春早生たまねぎの玉太りゆく

遺族年金

くすり婆と呼ばれるわれの並べいる朝の卓の白き錠剤

くすり嫌う夫の麦茶にぽとぽとと無色無味なる下剤を落とす

病みてより知りたるひとつトイレットペーパー律儀に畳みて使う

義父、夫へさらに子へと渡されてこの工場の五十年過ぐ

枝先より花開きゆく小手毬の白ゆらゆらと四月のおわる

十回に余る手術も終わりです寝台車に出るビルの裏口

パソコンに打たれて軽ろき死亡診断書主治医の丸き印の押しあり

麻薬ですと言われて貰いし痛み止め使うことなく逝きてしまいぬ

入院の保険切れるを知るはずのなきに三日を残して逝きぬ

住み慣れし町が違って見えし昼霊柩車の助手席におり

水洗いに出してカバーを買い替えぬ使う人なき羽毛の布団

振り込まれし遺族年金今日よりはいよいよ独り冬に入りゆく

冷凍の蕎麦一玉を温めて終るひとりの冬至の夜は

榊買い鯛予約して常のごとプレス祭りの準備しており

雪見障子

生れてより死ぬるまでとう戸籍謄本厚きを貰う支所の窓口

雪見障子上げて告げたき人のなき朝の庭にうっすらと雪

硬すぎるチャイルドロックのライターに点けあぐねおり線香の火を

塩麹甘酒の本売られおり炬燵に保温の母のあまざけ

そちらにも桜吹雪きておりますか昼の峠のひかりの中に

春彼岸雪の舞いたる讃岐路を巡りたる日も遥かとなりぬ

脳トレと言いて算盤使う朝出金伝票ゆっくりめくる

受取人に子の名を書きて終身の保険契約に印鑑押しぬ

夫病むとぼろぼろ泣ける末の妹長女のわれに泣く場所なくて

掘りたての馬鈴薯蒸しいる圧力鍋それにて足りる夕餉の準備

蔓なしのいんげん実る好みたる人のなければ摘み取るばかり

夏野菜みのる菜園不思議ですあなたの嫌いなピーマン豊作

朱蠟燭

給食にも和三盆出る紫陽花の花の干菓子に子ら寄りてくる

実印を四つ持ちゆく休日の会計事務所真夏日の午後

四人分の控えを貰う相続税申告書とう二十五ページ

工場の敷地子の名に変えており売る日のなきを願う夏の日

揉めること無きと思っていましたか遺言なくて分割おわる

墓ごとに紙の灯籠供えある盂蘭盆の墓地けいとう赤き

使うことなくなる墓地の焼却炉扉寄付せし義父の名のあり

大阪に墓を移すと友の言う山のホテルの同窓会に

くじ引きに決まるテーブルJの組夫を亡くせる三人が揃う

朱蠟燭六本買いぬ年月の過ぎる速さや一周忌くる

法事にと一日早く戻る子の仕事しておりノートパソコン

チャイムのみ響いていたり霜月の三連休としたる工場

飛び石の白じろありぬ霜月の真夜の月光あつめたる庭

帰り遅き子のトラックを待つ夜半の声を出したきほどの月光

ひいな祭り

父さんが居たら一番喜ぶと祭りの当家受けて子のいう

冠つけ御先良《おしやきら》さんとなるおさな菓子の袋に囲まれる輿

祭りには必ず田螺買いきたる夫なり今年は子の買いてくる

工場の忘年会の無くなりてすき焼き鍋の十個の残る

いつよりか履くことのなき安全靴ひとりの部屋の枕辺に置く

出刃包丁暖めて切る鏡餅黴少なきは仏壇の餅

支払日小切手切ることなくなりて振り込み一覧確かめるのみ

戦災に失せし雛をさがすごとひいな祭りの宇多津の町に

わたしにもこんな雛がありました焼け跡の町の写真一枚

野球狂

植えしまま手入れ怠るわが畑の玉葱育つ春の光に

本堂の飛天微笑み亡き人を送る儀式のゆっくり進む

遺影持つ末の妹の脚細し礼装用の靴のあまりて

十トン車過ぎて静もる土手の道栴檀の花高きより降る

事務員を一人募集の小工場履歴書十枚決めかねており

角一つ違えて曲り上る道見慣れぬ町の馬鈴薯畑

くまぜみの鳴き声廊下に響きおり朝の網戸の高きに透きて

円形に薄きみどりの花の散るえんじゅ並木に沿いて歩めり

野球狂の少女たりし日の遥かにて夾竹桃の紅色の花

延長戦投げ続けたる西投手眉濃き左腕を思う夏の日

日曜の雨は静かよ犬と住む妹に長き電話しており

亡き夫の住所録

空港へ三回忌終えし子を送る彼岸花咲く道を上りて

剪定をすれば淋しき裏の庭カーブミラーのオレンジ見えて

一本となりて揺れいる高き棕櫚切りてしまいぬ夫なき庭の

粟島のみやげに買いぬ五百グラム白く光れる伊吹のいりこ

そちらにはマージャンする人増えたでしょう夫の友らのつぎつぎと逝く

亡き夫の住所録また消しており六十年来の友人の逝く

子等とゆく歳晩の旅はからずも雪に輝く鳥取砂丘

島ばかり見える景色に慣れし目に果て無く続くうみ日本海

風紋も駱駝も見えずきらきらと雪の光れる鳥取砂丘

遠き日の社員旅行の玉造同じ旅館に泊まる正月

昭和の扇風機

同窓会これが最後と思いつつ集めし名札また仕舞いおり

空襲に焼けしピアノを買うための劇「青い鳥」遠き冬の夜

十一日哀しき日なり三月も九月も遠き五月の海も

＊昭和三十年五月十一日紫雲丸沈没

亡き夫に似る人いるとおさな言う藤の花降る八栗寺の昼

下りのみ歩くわれらも接待の麦茶貰いぬ八栗寺の坂

方形に並ぶ広き田続きおり新幹線を乗り継ぎ北へ

再びは来ることあらず丈高き虎杖避けて北上川に

この夏に作らぬ料理増えてゆく鰺の三杯酢小海老のてんぷら

超微風とう風のありゆっくりと廻る昭和の扇風機あり

用意良き子の持ちてきし椅子に見る海より上がる花火近ぢか

奉納のわらじ

遠き日の夫ら同窓の「わらじ会」いくつの寺に納めただろうか

てっぱいもしっぽく蕎麦も旨しとう同窓生のわらじ作りは

中継をビデオに撮れと言う夫の最後の場面に手を振れるのみ

奉納も今年で最後四メートルのわらじに夫の同窓集う

結願の札所の寺の仁王門納めて夫らの「わらじ会」終る

根香寺へ続く裏道上りゆく対向車なき落葉降る道

山門に夫ら奉納の大わらじ付け替えられて夫の名のなき

奉納のわらじを見んと共に来し日を想いつつ石段のぼる

たまさかに出たる電話になつかしき声と言われぬ取引先に

侘び助の白花小さき裏の庭音なく時雨に濡るる夕方

来月の会は八日と決めし後口々に言う十二月八日

祖父の五十年忌

声かけて残業の子の帰りゆく門灯消せば寒の月あり

銀行より義父の貰いし大金庫黒くどっしり事務所の隅に

決算書権利書火災保険証金を入れたる事なき金庫

工務店閉めたる人に貰いたる厚きまな板檜の匂う

空に向く芯美しき高野槙庭木の高さに切るとう庭師

菜園に倒れ一夜に身罷りし九十の祖父の五十年忌を

供花と餅お膳の予約朱蠟燭お布施三包み法事の近き

十枚の襖外して三十に余る座布団広げる座敷

段取りだけすればよかった子供らに任せて坐る法事の席に

うどん屋を二軒廻りて帰りゆく単身赴任の子は横浜に

畦に沿い高きに咲ける彼岸花千枚田とう棚田見上ぐる

短パンの父親多き参観日子に誘われて来たる教室

高校生われら

かあさんのシュークリーム硬かった離れ住む子のぽつりと言いぬ

三十年経って子の言うメロンパンまたシュークリームのこと

高校生われらに広告してくれし岡久万年筆すみれ洋装店

ボールペンの芯三本を変えました南新町岡久万年筆店

覚えやすき命日なりき十月一日衣更えとう言葉の消えて

高松市の早朝野球優勝の写真古りゆく応接室に

夏の日は番来《つがい》ていしキジバトの一羽となりて枯れし草食む

ひとめふため

ひとめふためみやこしよめご思い出せない羽根つきの歌

いつよりか作ることなき打ち込みを結願の寺の門前に食む

閉院の知らせを貼れる待合室たまさかに来し友の歯科医院

逝きし友や歯科医院閉じる友ありて国民学校一年赤組

閉院は三月末日丁寧に抜けたる義歯を直しくれたり

亡き夫の母校を言いて大阪の妹通う春甲子園

開会の挨拶するとう少女いて少し肩下げ出番待ちおり

勝ちし記憶持たぬわたしの運動会リレーのアンカー走れる少女

柔らかめに

空襲より逃れし場所を語り合う友らの在りて七月四日

苦情いう人の無ければ丑の日に穴子どんぶりひとつを作る

話すこと無き日曜日新しき電磁調理器喋ってくれる

三十五年香川離れて住みし子の自由に裏道走れる不思議

有名店となりしうどんや玉買いのわれに逝きたる夫のこと言う

柔らかめに茹でて貰いしざるうどん夫の食みたる最後のうどん

若き日に夏の花よと思いいし夾竹桃もカンナも見えず

校庭に夾竹桃の花咲きて左腕投手を真似ていし友

黙禱に始まる高校同窓会六十年の時の流れて

宿の傘借りて見にゆくどじょう掬い踊る男の脛《はぎ》美しき

四百余種のダリア咲くとは知らず来て世羅高原の風にゆれおり

疎開の村

五里という距離より遠き山の村電気水道新聞なくて

習い初めの母のぞうりはすぐ破れ疎開の村の学校遠かりき

電気なき疎開の村の夜に読みし『母をたずねて三千里』の本

彼岸花の球根掘るとう宿題の疎開の村の二十年夏

葉も花も見えぬ真夏の彼岸花球根掘るとう宿題ありし日

宿題のみみずを共に掘りくれし神社の前の三好さん思う

落葉踏み祖母と行きたる裏山に輪になり並ぶ松茸ありき

夕陽射す茶房にありてベンガラの色暖かき友の描く町

生活の中に溶け込む正信偈そのまま詠う北陸の友ら

正信偈聞きて育ちし寺の子の暗誦できるそれだけのこと

主病み一度も出荷出来ぬ畑濃き黄の色のあまた菜の花

泥鰌入りを好みし夫を言いながら打ち込みうどん囲む家族ら

梅咲けばみゆき想えり鈴蘭は冴子の花よ「音」の友垣

われのためハム三十匁買いくれし祖父あり遠き遠足の日に

一字の名好める祖父の付けくれし英・佳・秀とわれら姉妹の

北四国大会

延長戦二十一回戦いて敗れし母校の北四国大会

先生に紹介されしアルバイト高校野球の雑用係

手作りのビデオ次々流れきておみな児を抱く夫の写れり

デパートの箱入りのまま残りいる縮みの下着子は馴染まぬと

灰皿を酒をと急かす人無くて秋の陽の射す法事の座敷

野良の仔をドラと名付けて飼っていし夫も犬も逝きてしまいぬ

義父自慢の庭の靴脱ぎ石でした夕日に石英きらきらとして

三八豪雪

魚切ることなき出刃を温めて鏡開きの餅切りており

テレビより三八豪雪の言葉聞く讃岐も寒かりき子の誕生の日

電子ジャーに喜び甘酒造りいし母を想いぬ麴売場に

年々に届けてくれし鳩サブレーもう黄の箱の届くことなき

もう少し話しとけば良かったたに永久《とわ》の電話になると思わず

掛け時計ふたつに電池入れ替えて子は戻りゆく単身赴任地

幾十年の付き合いだろう夫の後中の子の行くスナックのあり

軽トラに子は出かけ行く二階まで浸かりし真備の友人ありて

支部会

宇野線と連絡船を乗り継ぎて来し支部会の楽しかりしと

忘れ物名人と言いて笑いあうひとときなれど病忘れよ

涙出るほど嬉しきと書きてあり「三余」の歌のコピー送れば

われの顔今に忘れぬうどん店老いし店主の閉店をいう

引継ぎの思いどおりに進まねばパソコン使う嫁の奮闘つづく

上質紙の義父注文の領収書倉庫に眠る昭和記されて

アルバイトは豆腐料理の専門店管理栄養士めざす二十歳は

応援の六年生に励まされ新人戦のキャプテン桃子

初任給五千円

平成と書ける最後の手形です実印押しゆく四月支払い日

預かれるままになりたる葬儀用部落の食器の多くのありて

葬式にあまたの食事作りくれし女ら逝きてしまいし部落

亡くしたる身内は五人生まれたる八人ありてわれの平成

命日と母の日重なる令和元年皐月の花のほつほつと咲く

横馬場と言いし小さき商店街八百屋も米屋も皆無くなりて

初任給五千円とうドラマなりわれと同じと子らには言わず

曽祖父の頃に造れる裏の庭太き蘇鉄の八本ありて

馬つれて高知の競馬に行きしとう夫より聞きし曽祖父の話

次男たりし父の実家の広き庭気楽で良いと言いし父はも

好物はひじき切干高野豆腐十二歳の少女の楽し

三日いて三度訪ねし案内所そば屋の話塩わかさぎも

再びは来ること無きと思いつつ名刺もらいぬ諏訪観光案内所

百グラム煎茶買いおり台秤使える友も背の曲りいて

おんまい

石楠花の濃き紫の小さき花季節遅れて咲く白峯寺の庭

秋の陽に黄菊一束明るくて崇徳上皇陵の前

奉納の大きわらじも古びたり夫の名もある白峯寺の門

雪の舞う春の彼岸の白峯寺武川忠一凛とありしよ

大学生の子に運転を頼みたる雪の白峯昭和の話

おんまいとう名の菓子のあり幼児語の菓子全般を言いし方言

おんまいを知らず育ちし戦の日父の乾パンの中の金平糖

乗る人も車も無くてクラウンのスペアキーの残る抽斗

購入の日付と車の番号を書きたる小さき荷札のありて

はやばやと花終わりたる梅の木の幹黒々と二月尽の雨

農協に出せぬと貰いしブロッコリー一夜に開く黄色の花は

忌の年の覚え易きよ病室のテレビで見たりし大き津波を

五リットルの灯油の缶の重たきを妹も言う夜の電話に

白つめ草咲く公園より見上げおり濃き灰色のイージス艦を

イージス艦見んと並べる長き列家族連れたる若きら多き

日本丸共に見し日を想いおりイージス艦見学の列

甲板に半分埋められ並ぶ箱ミサイル弾は実物という

黒板に変わりホワイトボードあり横書きばかりとなれる事務室

怒るとき夫の口調に似たる子と昼の休みにテレビみており

印紙不足

振込みで終わる七月支払日リーマンショックの頃の日に似て

高速を使わず今治より帰り来る子のトラックのシートの濡れて

木瓜の実の黄色転がる昼の庭休日なれば音の無き庭

納品に追われし日々を懐かしむ元事務員の久利さんの来て

塗り替えし塀褒めくれし隣人にコロナ暇でと笑っておりぬ

二百円の印紙不足を咎めたるそれより後に税務署の来ず

いつの日の残りの紙か障子紙の巻き皺のばす秋の廊下に

三枚の小さき障子を張り替えぬ段取り悪きわれに苛つく

阿弥陀経

竹藪の中に舗装の細き道完成近きダムを見下ろす

職員室に同居の狭き図書室に『この子を残して』読みし日のあり

一本松、大洲、西条通りたりパナソニックの工場在りし町

島出身の若き教師と登りたる秋の寒霞渓五年白組

雑煮用白味噌買いぬ亡き母の友の家業の中屋のみそを

生活圏に交わりなきよ四十年愚痴聞きくれし化粧品店閉まる

焼け跡のトタンの屋根のバラックに逝きたる曾祖母想う一月

曾祖母の喜寿と一緒に祝いくれしわが誕生の遠き節分

阿弥陀経ともに習いし従兄弟逝く遠き夏の日祖父と坐りて

向日葵の花

節分はわが誕生日今年のみ立春でしたチューリップ貰う

かろがろと密封をしてゴミ箱におしめ捨ている令和の時代

桜咲く昼の公園見回せど老女ひとりはわれのほか見えず

紋付を着て歩きたる渡り初め三代夫婦と祝われており

中森橋渡り初めの日遥かなり三代夫婦はわれのみとなる

裏庭に五月のひかり南天に円錐形の白き花咲く

コロナにて乗ること無き列車なりマリンライナー海渡りくる

遠き日にわが社で作りし堀こたつ木枠と共にヒーター捨てる

金網もユニット台も懐かしきスポット溶接の小さき火花も

当座の残手形期日に関わらずなりて事務所の鍵開ける朝

注水をする人なくて十年を動くことなき庭の水車は

十歳の夫の植えしとう楓の木幹がっしりと八十年過ぐ

父の日と供花持ちて来る子らありて仏壇にぎわう向日葵の花

あとがき

『奉納のわらじ』は『夏の坂』に続く第二歌集です。二〇〇二年から二〇二一年までの二十年間の作品です。おおむね製作の順です。「音」創刊の年に入会し日常詠ばかりです。もう少し早く歌集にすべきだったと思いました。時間が経ちすぎてしまいました。

歌の整理をしながら自分に過ぎていった時間を思いました。

空襲、疎開、バラックの家、一番苦労したのは母親だったでしょう。あの時代を共感出来る友人たちがいます。香川県に生まれ高松市でおそらく終わる仲間でしょう。

想定外の出来事は夫の会社と四十年間取引のあった親企業の工場閉鎖でした。

閉鎖から二十年コロナの中金属プレスと自動車金型製作で息子が頑張ってくれています。

二〇一一年、夫 明文が亡くなりました。肝臓癌でした。

奉納のわらじ作りのリーダーは夫の国民学校の同級生でした。リーダーと連絡がとれませんでしたので奉納の詳細は解かりませんが、四国のいくつかの寺に奉納されています。根香寺は夫たちの会の最初に奉納した寺でした。

新型コロナウイルスが収まりそうにありません。はやくコロナが終わって日常が戻ってきますように。日常ばかり詠んでいたので困っています。

玉井清弘氏には「音」入会以来大変お世話になっています。この歌集も歌稿の初めからお手数をお掛けいたしました。その上帯文を賜り心より感謝いたしております。

「音」短歌会の皆様、香川支部の皆様有難うございました。

出版にあたりましては、砂子屋書房の田村雅之様、装幀の倉本修様に熱く御礼を申し上げます。

二〇二一年九月

鵜川　英

歌集　奉納のわらじ　音叢書

二〇二一年十一月三〇日初版発行

著　者　鵜川　英
香川県高松市御厩町一一四四（〒七六一－八〇四二）

発行者　田村雅之

発行所　砂子屋書房
東京都千代田区内神田三－四－七（〒一〇一－〇〇四七）
電話　〇三－三二五六－四七〇八　振替　〇〇一三〇－二－九七六三一
URL　http://www.sunagoya.com

組　版　はあどわあく

印　刷　長野印刷商工株式会社

製　本　渋谷文泉閣